L'arbre inoubliable

Olena Kassian

Texte français
Marie-Andrée Clermont

Les éditions Scholastic

À mes parents, Roman et Marika Kassian,

qui m'ont servi de modèles pour le papa et la maman de ce livre.

Les illustrations de ce livre ont été réalisées aux pastels durs et tendres
sur du papier Wallis sablé.

La conception graphique de ce livre a été faite en QuarkXPress,
en caractère ITC Tiffany de 15 points.

Données de catalogage avant publication (Canada)

Kassian, Olena
[One special tree. Français]
L'arbre inoubliable

Traduction de : One special tree.
ISBN 0-439-98753-9

I. Titre.

PS8571.A866O5314 2000   jC813'.54   C00-931230-7
PZ7.K37Ar 2000

654321   Imprimé au Canada   01234/0

Jamais je n'oublierai le Noël de l'Arbre! Un Noël qui a pourtant commencé comme tous les autres. Au dehors, sous un épais tapis de neige, le monde paraissait paisible et tranquille. Mais au dedans, notre excitation grandissait de jour en jour. Il y avait tellement de choses à préparer et tant de plaisirs en perspective! Comme l'achat de notre sapin, par exemple...

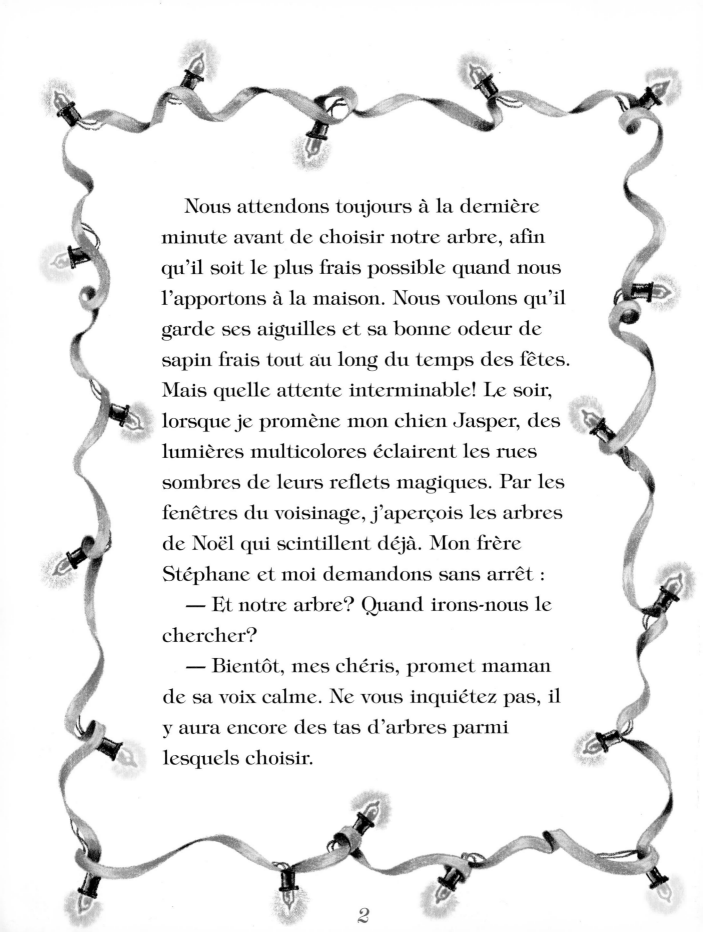

Nous attendons toujours à la dernière minute avant de choisir notre arbre, afin qu'il soit le plus frais possible quand nous l'apportons à la maison. Nous voulons qu'il garde ses aiguilles et sa bonne odeur de sapin frais tout au long du temps des fêtes. Mais quelle attente interminable! Le soir, lorsque je promène mon chien Jasper, des lumières multicolores éclairent les rues sombres de leurs reflets magiques. Par les fenêtres du voisinage, j'aperçois les arbres de Noël qui scintillent déjà. Mon frère Stéphane et moi demandons sans arrêt :

— Et notre arbre? Quand irons-nous le chercher?

— Bientôt, mes chéris, promet maman de sa voix calme. Ne vous inquiétez pas, il y aura encore des tas d'arbres parmi lesquels choisir.

✓ Chaque jour en rentrant de l'école, je passe
par le terrain du coin où l'on vend des sapins
et je jette un coup d'œil à travers la clôture.
Il y a des arbres si gros qu'ils prendraient toute
la place dans notre petit salon. D'autres montent
tellement haut qu'ils défonceraient le plafond.
Mais je sais qu'il y en a un dans le lot qui sera
parfait pour nous. Nous finissons toujours par
en trouver un.

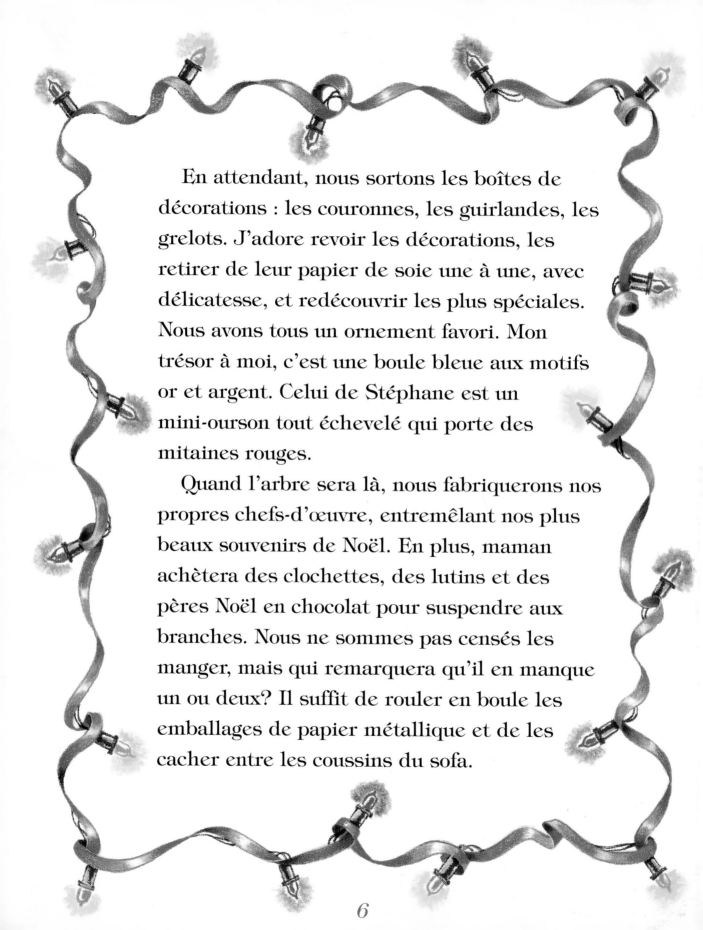

En attendant, nous sortons les boîtes de décorations : les couronnes, les guirlandes, les grelots. J'adore revoir les décorations, les retirer de leur papier de soie une à une, avec délicatesse, et redécouvrir les plus spéciales. Nous avons tous un ornement favori. Mon trésor à moi, c'est une boule bleue aux motifs or et argent. Celui de Stéphane est un mini-ourson tout échevelé qui porte des mitaines rouges.

Quand l'arbre sera là, nous fabriquerons nos propres chefs-d'œuvre, entremêlant nos plus beaux souvenirs de Noël. En plus, maman achètera des clochettes, des lutins et des pères Noël en chocolat pour suspendre aux branches. Nous ne sommes pas censés les manger, mais qui remarquera qu'il en manque un ou deux? Il suffit de rouler en boule les emballages de papier métallique et de les cacher entre les coussins du sofa.

Youpi! Le grand jour est arrivé!

— Enfilez vos costumes de neige, dit papa. C'est l'heure d'aller choisir notre sapin de Noël!

Sans perdre une seconde, on enfile tuques, foulards et mitaines. Même Jasper bondit, tout excité.

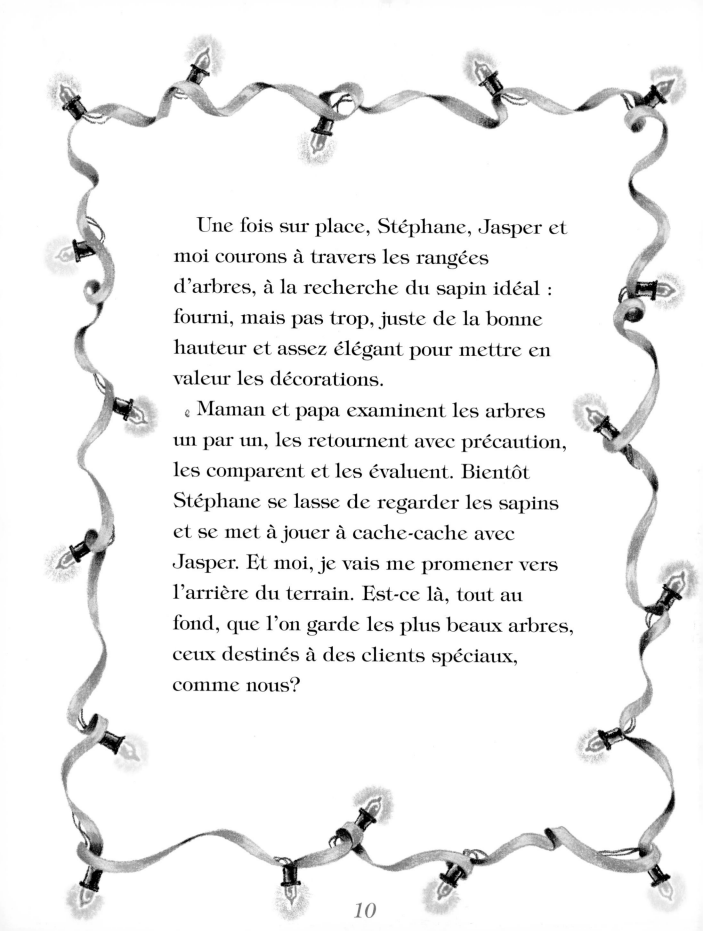

Une fois sur place, Stéphane, Jasper et moi courons à travers les rangées d'arbres, à la recherche du sapin idéal : fourni, mais pas trop, juste de la bonne hauteur et assez élégant pour mettre en valeur les décorations.

Maman et papa examinent les arbres un par un, les retournent avec précaution, les comparent et les évaluent. Bientôt Stéphane se lasse de regarder les sapins et se met à jouer à cache-cache avec Jasper. Et moi, je vais me promener vers l'arrière du terrain. Est-ce là, tout au fond, que l'on garde les plus beaux arbres, ceux destinés à des clients spéciaux, comme nous?

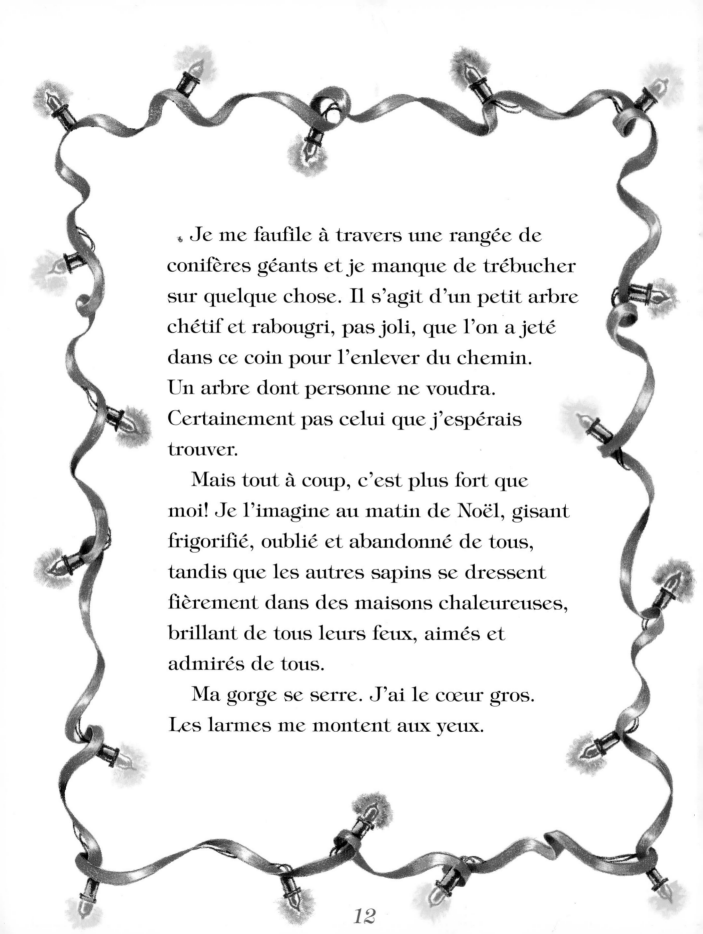

Je me faufile à travers une rangée de conifères géants et je manque de trébucher sur quelque chose. Il s'agit d'un petit arbre chétif et rabougri, pas joli, que l'on a jeté dans ce coin pour l'enlever du chemin. Un arbre dont personne ne voudra. Certainement pas celui que j'espérais trouver.

Mais tout à coup, c'est plus fort que moi! Je l'imagine au matin de Noël, gisant frigorifié, oublié et abandonné de tous, tandis que les autres sapins se dressent fièrement dans des maisons chaleureuses, brillant de tous leurs feux, aimés et admirés de tous.

Ma gorge se serre. J'ai le cœur gros. Les larmes me montent aux yeux.

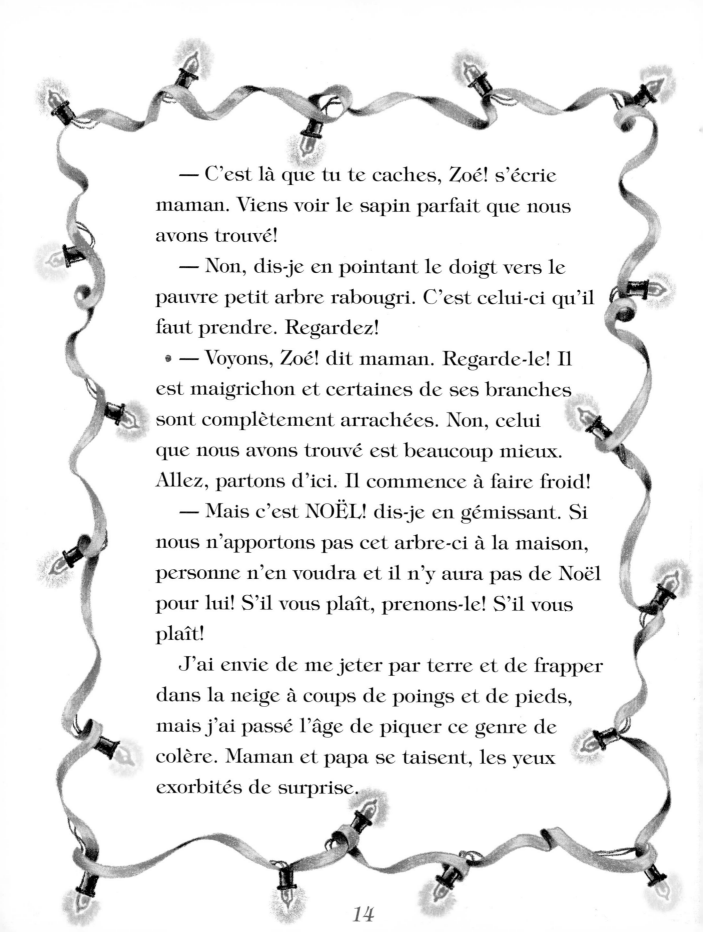

— C'est là que tu te caches, Zoé! s'écrie maman. Viens voir le sapin parfait que nous avons trouvé!

— Non, dis-je en pointant le doigt vers le pauvre petit arbre rabougri. C'est celui-ci qu'il faut prendre. Regardez!

— Voyons, Zoé! dit maman. Regarde-le! Il est maigrichon et certaines de ses branches sont complètement arrachées. Non, celui que nous avons trouvé est beaucoup mieux. Allez, partons d'ici. Il commence à faire froid!

— Mais c'est NOËL! dis-je en gémissant. Si nous n'apportons pas cet arbre-ci à la maison, personne n'en voudra et il n'y aura pas de Noël pour lui! S'il vous plaît, prenons-le! S'il vous plaît!

J'ai envie de me jeter par terre et de frapper dans la neige à coups de poings et de pieds, mais j'ai passé l'âge de piquer ce genre de colère. Maman et papa se taisent, les yeux exorbités de surprise.

14

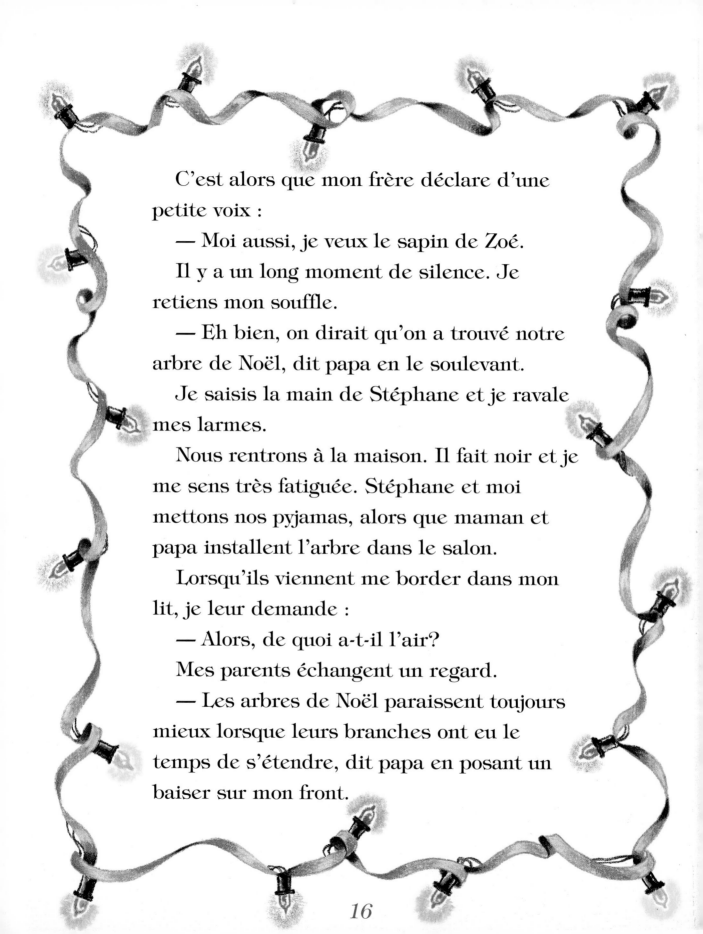

C'est alors que mon frère déclare d'une
petite voix :

— Moi aussi, je veux le sapin de Zoé.

Il y a un long moment de silence. Je
retiens mon souffle.

— Eh bien, on dirait qu'on a trouvé notre
arbre de Noël, dit papa en le soulevant.

Je saisis la main de Stéphane et je ravale
mes larmes.

Nous rentrons à la maison. Il fait noir et je
me sens très fatiguée. Stéphane et moi
mettons nos pyjamas, alors que maman et
papa installent l'arbre dans le salon.

Lorsqu'ils viennent me border dans mon
lit, je leur demande :

— Alors, de quoi a-t-il l'air?

Mes parents échangent un regard.

— Les arbres de Noël paraissent toujours
mieux lorsque leurs branches ont eu le
temps de s'étendre, dit papa en posant un
baiser sur mon front.

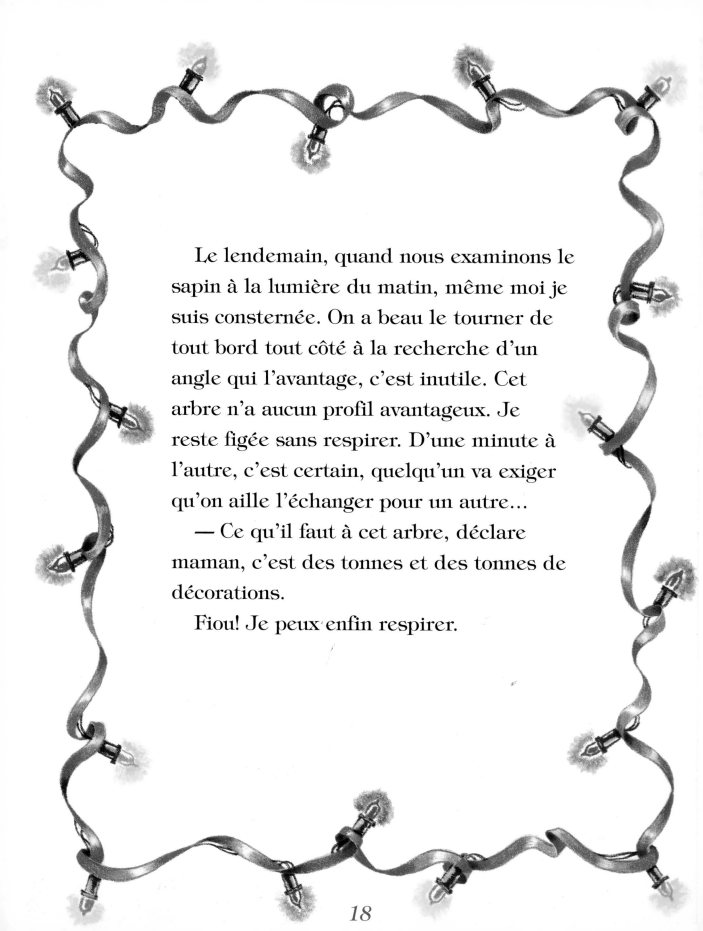

Le lendemain, quand nous examinons le sapin à la lumière du matin, même moi je suis consternée. On a beau le tourner de tout bord tout côté à la recherche d'un angle qui l'avantage, c'est inutile. Cet arbre n'a aucun profil avantageux. Je reste figée sans respirer. D'une minute à l'autre, c'est certain, quelqu'un va exiger qu'on aille l'échanger pour un autre...

— Ce qu'il faut à cet arbre, déclare maman, c'est des tonnes et des tonnes de décorations.

Fiou! Je peux enfin respirer.

18

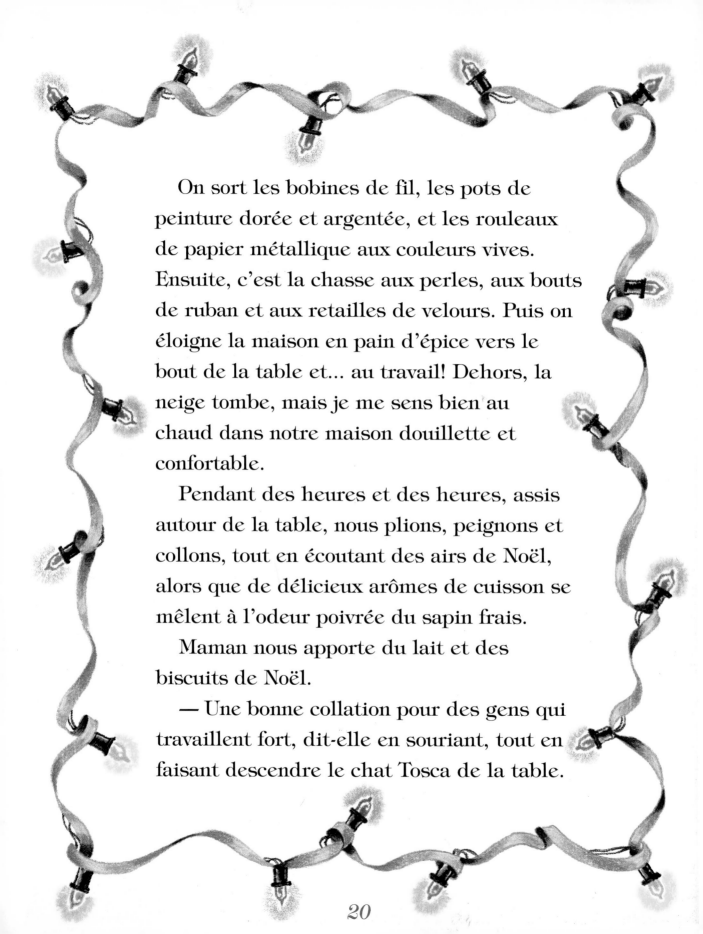

On sort les bobines de fil, les pots de peinture dorée et argentée, et les rouleaux de papier métallique aux couleurs vives. Ensuite, c'est la chasse aux perles, aux bouts de ruban et aux retailles de velours. Puis on éloigne la maison en pain d'épice vers le bout de la table et... au travail! Dehors, la neige tombe, mais je me sens bien au chaud dans notre maison douillette et confortable.

Pendant des heures et des heures, assis autour de la table, nous plions, peignons et collons, tout en écoutant des airs de Noël, alors que de délicieux arômes de cuisson se mêlent à l'odeur poivrée du sapin frais.

Maman nous apporte du lait et des biscuits de Noël.

— Une bonne collation pour des gens qui travaillent fort, dit-elle en souriant, tout en faisant descendre le chat Tosca de la table.

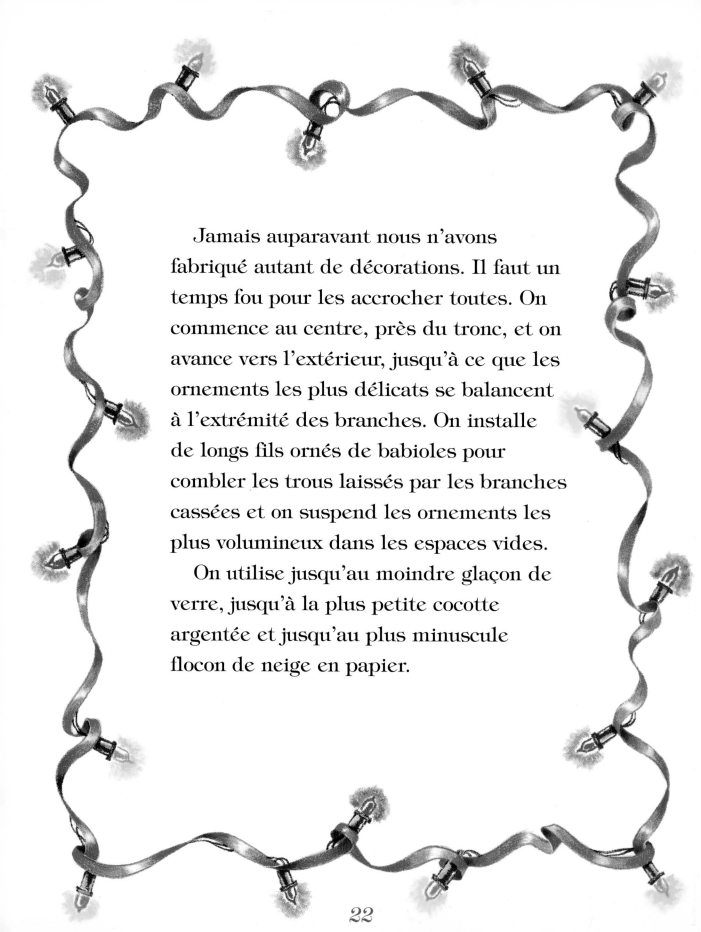

Jamais auparavant nous n'avons fabriqué autant de décorations. Il faut un temps fou pour les accrocher toutes. On commence au centre, près du tronc, et on avance vers l'extérieur, jusqu'à ce que les ornements les plus délicats se balancent à l'extrémité des branches. On installe de longs fils ornés de babioles pour combler les trous laissés par les branches cassées et on suspend les ornements les plus volumineux dans les espaces vides.

On utilise jusqu'au moindre glaçon de verre, jusqu'à la plus petite cocotte argentée et jusqu'au plus minuscule flocon de neige en papier.

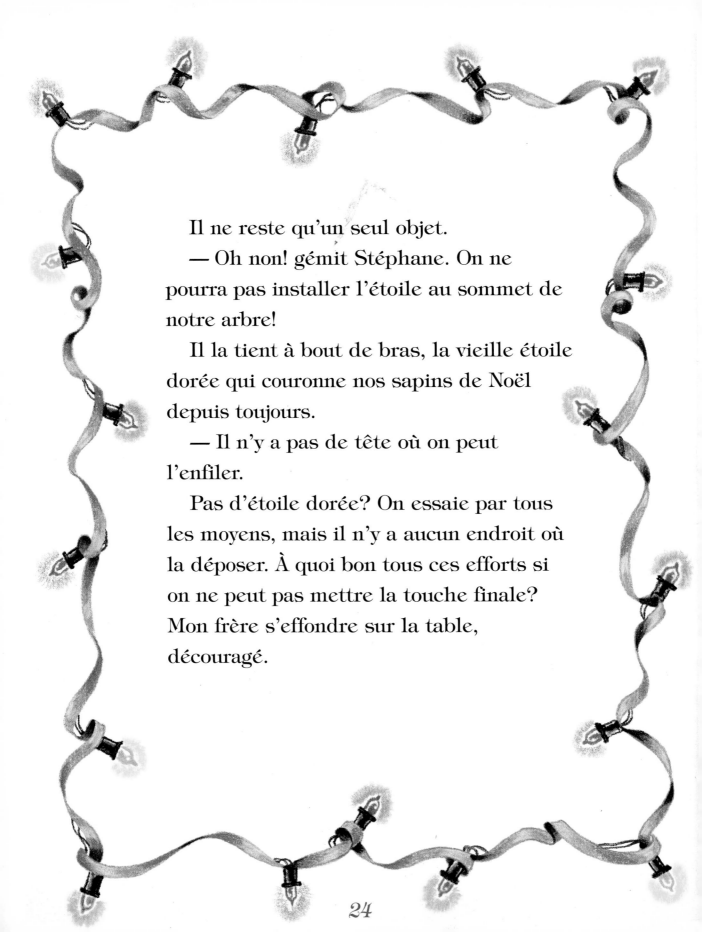

Il ne reste qu'un seul objet.

— Oh non! gémit Stéphane. On ne pourra pas installer l'étoile au sommet de notre arbre!

Il la tient à bout de bras, la vieille étoile dorée qui couronne nos sapins de Noël depuis toujours.

— Il n'y a pas de tête où on peut l'enfiler.

Pas d'étoile dorée? On essaie par tous les moyens, mais il n'y a aucun endroit où la déposer. À quoi bon tous ces efforts si on ne peut pas mettre la touche finale? Mon frère s'effondre sur la table, découragé.

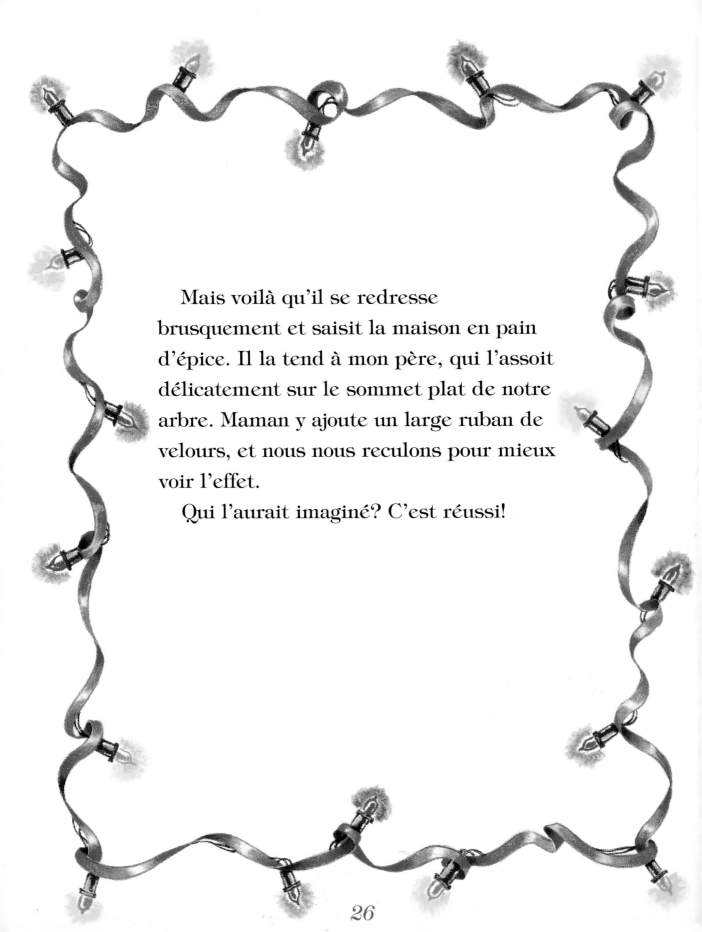

Mais voilà qu'il se redresse brusquement et saisit la maison en pain d'épice. Il la tend à mon père, qui l'assoit délicatement sur le sommet plat de notre arbre. Maman y ajoute un large ruban de velours, et nous nous reculons pour mieux voir l'effet.

Qui l'aurait imaginé? C'est réussi!

Notre arbre était magnifique! Pas parfait, c'est vrai, mais il est INOUBLIABLE!

Comment fabriquer le flocon de neige de Stéphane et Zoé

Il te faut :

du papier d'emballage ou de
  bricolage

une règle

des ciseaux

une agrafeuse

du ruban adhésif

- Découpe un morceau de papier de 18 cm sur 30 cm (du papier métallisé épais est idéal).

- Sur le côté le plus court, fais un pli de 2 cm. Continue à plier en accordéon tout ton papier. Si tu utilises du papier d'emballage, le côté coloré devrait se voir des deux côtés. Coupe le papier en trop.

- Plie l'accordéon en deux, et presse bien.

- Agrafe la pliure.

- Ensuite, découpe 2 ou 3 petits triangles dans les deux côtés de l'accordéon, de chaque côté de l'agrafe, pour fabriquer ton flocon. Ne coupe pas trop loin, sinon ton flocon tombera en morceaux.

- Taille les extrémités en biais.

- Ouvre délicatement ton flocon de neige en formant un cercle, puis colle les extrémités ensemble, sur le derrière.

- Enfile un ruban ou une ficelle dans un des trous, et voilà ton flocon de neige prêt à suspendre!

Conseil :
Si tes triangles sont identiques de chaque côté de l'agrafe, ton flocon sera aussi symétrique qu'un vrai flocon de neige.